IL PAGLIACCIO
MANIACO

IL PAGLIACCIO
MANIACO

ALDIVAN TORRES

aldivan teixeira torres

Contents

1   1

I

Il pagliaccio maniaco
Aldivan Torres
Il pagliaccio maniaco

Autore: Aldivan Torres
2020 - Aldivan Torres
Tutti i diritti riservati

Questo libro, comprese tutte le sue parti, è protetto da copyright e non può essere riprodotto senza il permesso dell'autore, rivenduto o trasferito.

Aldivan Torres, nato in Brasile, è un artista letterario. Promette con i suoi scritti di deliziare il pubblico e portarlo alle delizie del piacere. Dopotutto, il sesso è una delle cose migliori che ci sia.

Il pagliaccio maniaco

Domenica è arrivata e con lui molte notizie in città. Tra di loro, l'arrivo di un circo chiamato "Superstar", famoso in tutto il Brasile. Questo è tutto ciò di cui si parla nella zona. Strano, innanzitutto, le due sorelle programmate per partecipare all'apertura dello spettacolo previsto per questa notte.

Vicino al programma, erano già pronti per uscire dopo una cena speciale per il loro addio al nubilato. Vestiti per il gala, entrambi parati in simultaneo, dove sono usciti dalla casa ed entrarono nel garage. Entrando nell'auto, iniziano con uno di loro che scende e chiude il garage. Con il ritorno dello stesso, il viaggio può essere ripreso senza ulteriori problemi.

Lascio il distretto di Saint Christopher, diretto verso il distretto Boa Vista dall'altra parte della città, la capitale dell'hinterland con circa 80.000 abitanti. Mentre camminano lungo le vie tranquille, sono stupiti dall'architettura, dalla decorazione natalizia, dagli spiriti delle persone, dalle chiese, dalle montagne di cui parlavano, dai fragranti scambiati nella complicità, dal suono della roccia alta, dal profumo francese, dalle conversazioni sulla politica, sugli affari, sulla società, i partiti, la cultura nord-est e i segreti. Comunque, erano completamente rilassati, ansiosi, nervosi e concentrati.

Arrivo subito, una bella pioggia cade. Contro le aspettative, le ragazze aprono le finestre del veicolo che fanno piccole gocce d'acqua lubrificano le loro facce. Questo gesto mostra la loro semplicità e autenticità, i veri campioni dell'auto astrale. Questa è l'opzione migliore per le persone. A che serve eliminare i fallimenti, l'irrequietezza e il dolore del passato? Non li portavano da nessuna parte. Ecco perché erano contenti delle loro scelte. Anche se il mondo li giudicava, non gliene importava perché' possedevano il loro destino. Buon compleanno a loro!

Circa dieci minuti dopo, sono già nel parcheggio attaccato al circo. Chiudono l'auto, camminano qualche metro nel cortile interno dell'ambiente. Per essere venuti presto, si siedono sulle prime gradinate. Mentre aspettate lo spettacolo, comprano popcorn, birra, lasciano perdere le stronzate e i giochi silenziosi. Non c'era niente di meglio che stare al circo!

Quaranta minuti dopo, lo spettacolo è iniziato. Tra le attrazioni ci sono clown, acrobati, artisti trapezisti, contorsionisti, maghi, giocolieri e uno spettacolo musicale. Per tre ore vivono momenti magici, divertenti, distratti, giocano, si innamorano, finalmente, in diretta. Con la rottura dello spettacolo, si assicurano di andare in camerino e salutare uno dei clown. Aveva ottenuto la trovata di tirarli su come se non fosse mai successo.

Sul palco, devi trovare una linea. Per caso, sono gli ultimi ad andare nel camerino. Lì trovano un clown totalmente sfigurato, lontano dal palco.

"Siamo venuti qui per congratularci con voi per il vostro grande spettacolo. C'è un dono di Dio! Ha guardato Belinha.

"Le vostre parole e i vostri gesti mi hanno scosso lo spirito. Non lo so, ma ho notato una tristezza nei tuoi occhi. Ho ragione?

"Grazie a entrambi per le parole. Come vi chiamate? Rispondeva al clown.

"Mi chiamo Amelinha!

"Mi chiamo Belinha.

"Piacere di conoscerti. Puoi chiamarmi Gilberto! In realtà ho già sofferto abbastanza in questa vita. Uno di loro era la recente separazione da mia moglie. Devi capire che non è facile separarsi da tua moglie dopo 20 anni di vita, giusto? Comunque, sono lieto di compiere la mia arte.

"Poverino! Mi dispiace! (Amelinha).

"Cosa possiamo fare per tirarlo su di morale? (Belinha).

"Non so come. Dopo la rottura di mia moglie, mi manca così tanto. (Gilberto).

"Possiamo sistemare tutto, vero, sorella? (Belinha).

"Certo. Sei un uomo di bell'aspetto. (Amelinha)

"Grazie, ragazze. Siete meravigliosi. Ha esortato Gilberto.

Senza aspettare ancora, il virile bianco, alto, forte e scuro si spogliava e le signore seguirono il suo esempio. Totalmente nudo, il trio è entrato nei preliminari proprio lì sul pavimento. Più di uno scambio di emozioni e parolacce, il sesso li divertiva e li tirava su. In quei brevi momenti, sentivano parti di una forza maggiore, l'amore di Dio.

Attraverso l'amore, raggiunsero l'ecstasy maggiore che un umano potrebbe raggiungere.

Finendo il numero, si vestono e dicono addio. Un altro passo e la conclusione che è giunta era che quell'uomo era un lupo selvaggio. Un clown maniaco che non dimenticherai mai. Basta, lasciano il circo che si trasferisce nel parcheggio. Stanno salendo in macchina, tornando indietro. I prossimi giorni sono stati promessi più sorprese.

La seconda alba è arrivata più bella che mai. All'inizio, i nostri amici sono contenti di sentire il calore del sole e la brezza che vagano in faccia. Questi contrasti causati nell'aspetto fisico dello stesso un buon senso di libertà, soddisfazione, soddisfazione e gioia. Erano pronti per affrontare un nuovo giorno.

Tuttavia, concentrano le loro forze culminano sul loro sollevamento. Il passo successivo è andare nella suite e farlo estremamente pigro come se fossero dello stato di Bahia. Non per far del male ai nostri cari vicini, ovviamente. La terra di tutti i santi è un luogo spettacolare pieno di cultura, storia e tradizioni laiche. Lunga vita a Bahia.

In bagno, si spogliano con la strana sensazione che non fossero soli. Chi ha mai sentito parlare della leggenda del bagno biondo? Dopo una maratona di film horror, era normale mettersi nei guai. Nel momento successivo, annuiscono la testa cercando di essere più tranquilli. All'improvviso, si tratta di ognuno di loro, della loro traiettoria politica, del loro cittadino, del loro lato professionale, religioso e del loro aspetto sessuale. Si sentono bene ad essere dispositivi imperfetti. Erano sicuri che qualità e difetti aggiunti alla loro personalità.

Inoltre, si chiudono in bagno. Aprendo la doccia, lasciano scorrere l'acqua calda attraverso i corpi sudati a causa del calore della notte prima. Il liquido serve come catalizzatore che assorbe tutte le cose brutte. Proprio quello di cui avevano bisogno ora: dimenticare il dolore, il trauma, le delusioni, l'irrequietezza che cercava di trovare nuove aspettative. L'anno in corso era fondamentale in questo senso. Una fantastica trasformazione in ogni aspetto della vita.

Il processo di pulizia è avviato con l'uso di spugne vegetali, sapone, shampoo, oltre all'acqua. In questo momento, sentono uno dei migliori piaceri che ti obbligano a ricordare il biglietto sulla scogliera e le avventure sulla spiaggia. Incredibilmente, il loro spirito selvaggio chiede più avventure in ciò che restano per analizzare il prima possibile. La situazione favorita dal tempo libero compiuto nel lavoro di entrambi come premio di dedizione al servizio pubblico.

Per circa 20 minuti, mettono un po' da parte i loro obiettivi di vivere un momento riflessivo nella loro rispettiva intimità. Alla fine di questa attività, escono dal water, puliscono il corpo bagnato con l'asciugamano, indossano vestiti puliti e scarpe puliti, indossano profumo svizzero, trucco importato dalla Germania con occhiali da sole e tiara molto carini. Sono pronti, si trasferiscono alla tazza con le borse sulla striscia e si accorgono della rimpatriata grazie al buon Signore.

In collaborazione, preparano una colazione d'invidia: cuscus in salsa di pollo, verdure, frutta, crema di caffè e cracker. In parti uguali, il cibo è diviso. Hanno alternato momenti di silenzio con brevi scambi di parole perché erano educati. La colazione finita, non c'è via di fuga oltre quello che volevano.

"Cosa suggerisci, Belinha? Mi annoio!

"Ho una buona idea. Ricordi la persona che abbiamo conosciuto al festival letterario?

"Mi ricordo. Era uno scrittore e si chiamava Divine.

"Ho il suo numero. Che ne dici di metterci in contatto? Vorrei sapere dove vive.

"Anch'io. Ottima idea. Fallo. Mi piacerà.

"Va bene!

Belinha ha aperto la borsa, ha preso il telefono e ha iniziato a chiamare. Tra qualche istante, qualcuno risponde alla linea e inizia la conversazione.

"Salve.

"Ciao, Divine. Va bene?

"Va bene, Belinha. Come va?

"Stiamo andando bene. Senti, l'invito è ancora acceso? Io e mia sorella vorremmo fare uno spettacolo speciale stasera.

"Certo che lo so. Non te ne pentirai. Qui abbiamo seghe, natura abbondante, aria fresca oltre la grande compagnia. Anch'io sono disponibile oggi.

"Che meraviglia. Beh, aspettateci all'entrata del villaggio. Tra 30 minuti siamo quasi arrivati.

"Va tutto bene. Ci vediamo dopo!

"Ci vediamo dopo!

La chiamata finisce. Con un timbro sorriso, Belinha torna a comunicare con sua sorella.

"Ha detto di sì. Andiamo?

"Andiamo. Cosa stiamo aspettando?

Entrambi i parati dalla tazza all'uscita della casa, chiudendo la porta dietro di loro con una chiave. Poi si trasferiscono in garage. Guidano l'auto di famiglia ufficiale, lasciando i loro problemi ad aspettare nuove sorprese e emozioni sulla terra più importante del mondo. Attraverso la città, con un rumore forte, manteneva la loro piccola speranza per sé stessi. In quel momento valeva tutto, finche' non ho pensato alla possibilità di essere felice per sempre.

Con un breve tempo, prendono il lato destro della strada BR 232. Quindi, inizia il corso per ottenere e felicità. Con velocità moderata, possono godere il paesaggio della montagna sulle coste del binario. Anche se era un ambiente conosciuto, ogni passaggio era più di una novità. Era un tè riscoperto.

Passando attraverso luoghi, fattorie, villaggi, nuvole blu, ceneri e rose, aria asciutta e temperatura calda. Nel tempo programmato, stanno arrivando al più bucolico dell'entrata dell'interno brasiliano. Mimoso dei colonnelli, il sensitivo, l'Immacolata Concezione e persone con elevata capacità intellettuale.

Quando sono passati dall'entrata del distretto, si aspettavano il tuo caro amico con lo stesso sorriso di sempre. Un buon segno per coloro che cercavano avventure. Uscire dall'auto, vanno a incontrare il nobile collega che li riceve con un abbraccio che diventa triplo. Non sembra che questo istante finisca. Sono già ripetuti, iniziano a cambiare le prime impressioni.

"Come stai, Divine? Ha chiesto a Belinha.

"Bene, come stai? Ha corrisposto il sensitivo.

"Grande! (Belinha).

"Meglio che mai, integrato Amelinha.

"Ho una grande idea. Che ne dici di salire sulla montagna di Ororubá? È stato esattamente otto anni fa che la mia traiettoria in letteratura è iniziata.

"Che bellezza! Sarà un onore! (Amelinha).

"Anche per me! Amo la natura. (Belinha).

"Quindi, andiamo ora. (Aldivan).

Firmando di seguire, il misterioso amico delle due sorelle avanzato per le strade in centro. Giù a destra, entrando in un posto privato e camminando verso un centinaio di metri le mette in fondo alla sega. Fanno una sosta veloce, così possono riposare e idratarsi. Com'è stato scalare la montagna dopo tutte queste avventure? Il sentimento era pace, raccolta, dubbio e esitazione. Era come se fosse la prima volta con tutte le sfide imposte dal destino. All'improvviso, gli amici affrontano il grande scrittore con un sorriso.

"Come è cominciato tutto? Cosa significa per te? (Belinha).

"Nel 2009, la mia vita si è rivolta in monotonia. Quello che mi ha tenuto in vita era la volontà di esternalizzare quello che provavo nel mondo. È allora che ho sentito parlare di questa montagna e dei poteri della sua meravigliosa grotta. Non c'è via d'uscita, ho deciso di correre il rischio per conto del mio sogno. Ho fatto la valigia, salito sulla montagna, ho eseguito tre sfide che sono stata accreditata nella grotta della disperazione, la più letale e pericolosa grotta del mondo. Dentro, ho superato grandi sfide finché non arrivi nella tua stanza. È stato in quel momento di estasi che il miracolo accadde, sono diventato il sensitivo, un essere onnisciente attraverso le sue visioni. Finora ci sono state altre 20 avventure e non mi fermerò così presto. Grazie ai lettori, gradualmente, sto raggiungendo il mio obiettivo di conquistare il mondo.

"Eccitante. Sono un suo fan. (Amelinha).

"Toccante. So cosa provi a sentirti di svolgere di nuovo questo compito. (Belinha).

"Eccellente. Sento una miscela di buone cose, tra cui successo, fede, artigli e ottimismo. Questo mi dà una buona energia, ha detto il sensitivo.

"Bene. Che consiglio ci dai?

"Manteniamo la nostra attenzione. Siete pronti a scoprirlo meglio per voi? (Il padrone).

"Sì. Hanno accettato entrambi.

Allora seguimi.

Il trio ha ripreso l'impresa. Il sole si scalda, il vento soffia un po' più forte, gli uccelli volano via e cantano, le pietre e le spine sembrano muoversi, il terreno trema e le voci di montagna cominciano ad agire. Questo è l'ambiente che presenta sulla scala della sega.

Con molta esperienza, l'uomo nella caverna aiuta sempre le donne. In questo modo, ha messo in atto virtù pratiche importanti come solidarietà e cooperazione. In cambio, gli hanno prestato un calore umano e una dedizione ineguagliabile. Potremmo dire che era quel trio insormontabile, inarrestabile e competente.

Un po' alla volta, salgono passo dopo passo i

passi della felicità. Nonostante il notevole risultato, essi rimangono instancabili nella loro ricerca. In un sequel rallentano un po' il ritmo della passeggiata, ma la tengono ferma. Come si dice il detto, lentamente va lontano. Questa certezza li accompagna tutto il tempo, creando uno spettro spirituale di pazienti, cautela, tolleranza e superamento. Con questi elementi, avevano fede per superare ogni avversità.

Il prossimo punto, la pietra sacra, conclude un terzo del corso. C'è una breve pausa, e si divertono a pregare, per ringraziare, riflettere e pianificare i prossimi passi. Nella giusta misura, cercavano di soddisfare le loro speranze, le loro paure, il loro dolore, la tortura e il dolore. Per aver fede, una pace indelebile riempie i loro cuori.

Con il riavvio del viaggio, l'incertezza, i dubbi e la forza dei ritorni inaspettati ad agire. Anche se li spaventa, portavano la sicurezza di essere in presenza di Dio e del piccolo germoglio dell'interno. Niente o nessuno potrebbe fargli del male solo perché' Dio non lo permetterebbe. Hanno capito che questa protezione in ogni momento difficile di vita in cui altri li abbandonarono. Dio è effettivamente il nostro unico vero amico.

IL PAGLIACCIO MANIACO - 15

Inoltre, sono a metà strada. La scalata rimane eseguita con più dedizione e sintonia. Contrariamente a quello che succede solitamente con gli scalatori ordinari, il ritmo aiuta la motivazione, la volontà e la consegna. Anche se non erano atleti, era notevole la loro performance per essere sani e impegnati.

Dopo aver completato tre quarti della rotta, l'attesa è a livelli insopportabili. Quanto dovranno aspettare? In questo momento di pressione, la cosa migliore da fare era cercare di controllare lo slancio della curiosità. Ora tutto è stato attento all'azione delle forze opposte.

Con un po' di tempo, finalmente finiscono la strada. Il sole splende più luminoso, la luce di Dio li illumina e esce da una traccia, il guardiano e suo figlio Renato. Tutto sembrava rinascere nel cuore di quelle belle piccole. Meritavano quella grazia per aver lavorato così duramente. Il prossimo passo del sensitivo è incontrare un abbraccio stretto con i suoi benefattori. I suoi colleghi lo seguono e fanno l'abbraccio quintuple.

Che piacere vederti, figlio di Dio! Non ti vedo da molto tempo! Il mio istinto materno mi ha avvertito del suo approccio, ha detto la signora ancestrale.

"Sono contento! È come se mi ricordassi la mia prima avventura. C'erano così tante emozioni. La montagna, le sfide, la caverna, e i viaggi nel tempo hanno segnato la mia storia. Tornare qui mi fa venire dei bei ricordi. Ora, porto con me due guerrieri amichevoli. Avevano bisogno di questo incontro con il sacro.

"Come vi chiamate, signore? Chiede al Guardiano della Montagna.

"Mi chiamo Belinha, e sono un revisore.

"Mi chiamo Amelinha, e sono un insegnante. Viviamo ad Arcoverde.

"Benvenute, signore. (Guardiano della Montagna.)

"Vi siamo grati! Disse in concomitanza i due visitatori con le lacrime che gli scorrono negli occhi.

"Anch'io amo le nuove amicizie. Essere di nuovo accanto al mio padrone mi dà un piacere speciale da parte di coloro che non possono essere qui. Le uniche persone che sanno come capire che siamo noi due. Non è vero, socio? (Renato).

"Non cambi mai, Renato! Le tue parole sono inestimabili. Con tutta la mia follia, trovarlo era una delle cose buone del mio destino.

Il mio amico e mio fratello hanno risposto al sensitivo senza calcolare le parole. Sono venuti naturalmente per la vera sensazione che gli nutriva.

"Siamo corrispondenti nella stessa misura. Ecco perché la nostra storia è un successo, disse il giovanotto.

"Che bello essere in questa storia. Non avevo idea di quanto fosse speciale la montagna nella sua traiettoria, caro scrittore, disse Amelinha.

"E' davvero ammirevole, sorella. Inoltre, i tuoi amici sono molto gentili. Stiamo vivendo la vera finzione ed è la cosa più meravigliosa che esista. (Belinha).

"Apprezziamo il complimento. Tuttavia, devi essere stanco dello sforzo che si è fatto sull'arrampicata. Che ne dici se andiamo a casa? Abbiamo sempre qualcosa da offrire. (Madame).

"Abbiamo colto l'occasione per riprendere le nostre conversazioni. Mi manca così tanto Renato.

"Penso sia fantastico. Per quanto riguarda le signore, che ne dici?

"Mi piacerà. (Belinha).

"Lo faremo!

"Allora andiamo! Ha completato il padrone.

Con il riavvio del viaggio, l'incertezza, i dubbi e la forza dei ritorni inaspettati ad agire. Anche se li spaventa, portavano la sicurezza di essere in presenza di Dio e del piccolo germoglio dell'interno. Niente o nessuno potrebbe fargli del male solo perché' Dio non lo permetterebbe. Hanno capito che questa protezione in ogni momento difficile di vita in cui altri li abbandonarono. Dio è effettivamente il nostro unico vero amico.

Inoltre, sono a metà strada. La scalata rimane eseguita con più dedizione e sintonia. Contrariamente a quello che succede solitamente con gli scalatori ordinari, il ritmo aiuta la motivazione, la volontà e la consegna. Anche se non erano atleti, era notevole la loro performance per essere sani e impegnati.

Dopo aver completato tre quarti della rotta, l'attesa è a livelli insopportabili. Quanto dovranno aspettare? In questo momento di pressione, la cosa migliore da fare era cercare di controllare lo slancio della curiosità. Ora tutto è stato attento all'azione delle forze opposte.

Con un po' di tempo, finalmente finiscono la

strada. Il sole splende più luminoso, la luce di Dio li illumina e esce da una traccia, il guardiano e suo figlio Renato. Tutto sembrava rinascere nel cuore di quelle belle piccole. Meritavano quella grazia per aver lavorato così duramente. Il prossimo passo del sensitivo è incontrare un abbraccio stretto con i suoi benefattori. I suoi colleghi lo seguono e fanno l'abbraccio quintuple.

"Che piacere vederti, figlio di Dio! Non ti vedo da molto tempo! Il mio istinto materno mi ha avvertito del suo approccio, ha detto la signora ancestrale.

"Sono contento! È come se mi ricordassi la mia prima avventura. C'erano così tante emozioni. La montagna, le sfide, la caverna, e i viaggi nel tempo hanno segnato la mia storia. Tornare qui mi fa venire dei bei ricordi. Ora, porto con me due guerrieri amichevoli. Avevano bisogno di questo incontro con il sacro.

"Come vi chiamate, signore? Chiede al Guardiano della Montagna.

"Mi chiamo Belinha, e sono un revisore.

"Mi chiamo Amelinha, e sono un insegnante. Viviamo ad Arcoverde.

"Benvenute, signore. (Guardiano della Montagna.)

"Vi siamo grati! Disse in concomitanza i due visitatori con le lacrime che gli scorrono negli occhi.

"Anch'io amo le nuove amicizie. Essere di nuovo accanto al mio padrone mi dà un piacere speciale da parte di coloro che non possono essere qui. Le uniche persone che sanno come capire che siamo noi due. Non è vero, socio? (Renato).

"Non cambi mai, Renato! Le tue parole sono inestimabili. Con tutta la mia follia, trovarlo era una delle cose buone del mio destino.

Il mio amico e mio fratello hanno risposto al sensitivo senza calcolare le parole. Sono venuti naturalmente per la vera sensazione che gli nutriva.

"Siamo corrispondenti nella stessa misura. Ecco perché la nostra storia è un successo, disse il giovanotto.

"Che bello essere in questa storia. Non avevo idea di quanto fosse speciale la montagna nella sua traiettoria, caro scrittore, disse Amelinha.

"E' davvero ammirevole, sorella. Inoltre, i tuoi amici sono molto gentili. Stiamo vivendo la vera finzione ed è la cosa più meravigliosa che esista. (Belinha).

"Apprezziamo il complimento. Tuttavia, devi essere stanco dello sforzo che si è fatto sull'arrampicata. Che ne dici se andiamo a casa? Abbiamo sempre qualcosa da offrire. (Madame).

"Abbiamo colto l'occasione per riprendere le nostre conversazioni. Mi manca così tanto Renato.

"Penso sia fantastico. Per quanto riguarda le signore, che ne dici?

"Mi piacerà. (Belinha).

"Lo faremo!

"Allora andiamo! Ha completato il padrone.

Il quintetto comincia a camminare nell'ordine dato da quella fantastica figura. Immediatamente, un colpo freddo attraverso gli scheletri affaticati della classe. Chi era quella donna, in realtà, e che poteri aveva? Nonostante tutti questi momenti insieme, il mistero rimase chiuso come porta a sette chiavi. Probabilmente non lo saprebbero mai perché' faceva parte del segreto della montagna. Contemporaneamente, i loro cuori rimasero nella nebbia. Erano esausti dal donare l'amore e non ricevere, perdonare e deludenti di nuovo. Comunque, o si sono abituati alla realtà della vita o soffrirebbero molto. Avevano bisogno di un consiglio, quindi.

Passo dopo passo, supereranno gli ostacoli. Subito, sento un urlo inquietante. Con un solo sguardo, il capo li calma. Questo era il senso della gerarchia, mentre i più forti e più esperti protetti, i servitori tornavano con dedizione, adorazione e amicizia. Era una strada a doppio senso.

Purtroppo, riusciranno a camminare con grande e gentilezza. Che diavolo di idea aveva attraversato la testa di Belinha? Erano nel bel mezzo del cespuglio beccato da animali cattivi che potevano ferirli. A parte questo, c'erano spine e pietre puntate sui loro piedi. Come ogni situazione ha il suo punto di vista, essendo presente l'unica possibilità di comprendere sé stessi e i suoi desideri, qualcosa di deficit nella vita dei visitatori. Presto, ne valeva la pena.

Il prossimo passo, faranno una fermata. Proprio vicino, c'era un frutteto. Sono diretti in paradiso. Allusione alla Bibbia, si sentivano completamente liberi e integrati alla natura. Come i bambini, giocano a scalare gli alberi, prendono i frutti, scendono e mangiano. Poi meditano. Hanno imparato non appena la vita viene fatta da momenti. Che siano tristi o felici, è bello goderseli finche' siamo vivi.

Nel secondo istante, fanno un bagno rinfrescante nel lago attaccato. Questo fatto provoca buoni ricordi di una volta, delle esperienze più notevoli della loro vita. Che bello essere un bambino! Quanto è stato difficile crescere e affrontare la vita adulta. Vivere con la falsa, la bugia e la falsa moralità delle persone.

Andando avanti, si stanno avvicinando al destino. Giù a destra sulla pista, si vede già il semplice tubo. Quello era il rifugio delle persone più meravigliose e misteriose sulla montagna. Sono stati meravigliosi, ciò che prova che il valore di una persona non è in ciò che possiede. La nobiltà dell'anima è nel carattere, in carità e in orientamento. Quindi, si dice: un amico in piazza è meglio di quanto denaro depositato in una banca.

Qualche passo avanti, si fermano davanti all'entrata della cabina. Avranno delle risposte alle vostre indagini interne? Solo il tempo potrebbe rispondere a questa e ad altre domande. La cosa importante di tutto questo era che erano lì per qualsiasi cosa vada e venga.

Prendendo il ruolo della padrona, il tutore apre

la porta, dando a tutti l'accesso all'interno della casa. Entrano nel cubicolo vuoto, osservando tutto largamente. Sono colpiti dalla delicatezza del posto rappresentato dell'ornamento, dagli oggetti, dai mobili e dal clima del mistero. c'erano più ricchezze e diversità culturale che in molti palazzi. Quindi possiamo sentirci felici e completi anche in ambienti umili.

Uno ad uno, ti sistemerai nei posti disponibili, tranne che Renato andrà in cucina a preparare il pranzo. Il clima iniziale della timidezza è rotto.

"Vorrei conoscervi meglio, ragazze.

"Siamo due ragazze dalla città di Arcoverde. Siamo felici professionalmente, ma perdenti innamorati. Da quando sono stato tradito dal mio vecchio partner, sono frustrato, confessato Belinha.

"E' allora che abbiamo deciso di vendicarci degli uomini. Abbiamo fatto un patto per attirarli e usarli come oggetto. Non soffriremo mai più, ha detto Amelinha.

"Darò loro tutto il mio sostegno. Li ho incontrati tra la folla e ora la loro opportunità è venuta a trovarmi qui.

"Interessante. Questa è una reazione naturale

alla sofferenza delle delusioni. Comunque, non è il modo migliore per essere seguiti. A giudicare un'intera specie per l'atteggiamento di una persona è un errore evidente. Ognuno ha la sua individualità. Questa tua faccia sacra e svergognata può generare più conflitti e piacere. Sta a te trovare il punto giusto di questa storia. Quello che posso fare è sostenere come ha fatto il tuo amico e diventare complice di questa storia, ha analizzato lo spirito sacro della montagna.

"Lo permetterò. Voglio trovarmi in questo santuario. (Amelinha).

"Accetto anche la vostra amicizia. Chi sapeva che saresti stato su una soap opera fantastica? Il mito della caverna e della montagna sembra così reale ora. Posso esprimere un desiderio? (Belinha).

"Certo, cara.

"Le entità montane possono sentire le richieste degli umili sognatori, come mi è successo. Abbi fede! (Figlio di Dio)

"Sono così miscredente. Ma se lo dici tu, ci proverò. Chiedo un lieto fine per tutti noi. Lasciate che ognuno di voi si avveri nei campi principali della vita.

"Glielo concedo! Tuona una voce profonda in mezzo alla stanza.

Entrambe le puttane hanno fatto un salto a terra. Nel frattempo, gli altri ridevano e piangevano per la reazione di entrambi. Questo fatto era più un'azione destino. Che sorpresa. Nessuno avrebbe potuto prevedere cosa stava succedendo in cima alla montagna. Da quando un famoso indiano era morto sulla scena, la sensazione della realtà aveva lasciato spazio al soprannaturale, al mistero e all'insolito.

"Che diavolo era quel tuono? Sto tremando finora, confessando Amelinha.

"Ho sentito quello che ha detto la voce. Ha confermato il mio desiderio. Sto sognando? Ha chiesto a Belinha.

"I miracoli accadono! Con il tempo saprai esattamente cosa significa dire questo, disse il padrone.

"Credo nella montagna e voi dovete crederci. Attraverso il suo miracolo, rimango qui convinto e sicuro delle mie decisioni. Se falliamo una volta, possiamo ricominciare. C'è sempre speranza per coloro che vivono, assicurato lo sciamano del sensitivo che mostra un segnale sul tetto.

"Una luce. Che significa? (Belinha).

"E' così bello e luminoso. (Amelinha).

"È la luce della nostra eterna amicizia. Anche se scompare fisicamente, rimarrà intatta nei nostri cuori. (Guardiano

"Siamo tutti leggeri, anche se in modi distinti. Il nostro destino è la felicità. (Il sensitivo).

È qui che entra Renato e fa una proposta.

"E' ora di uscire e trovare degli amici. È arrivato il momento del divertimento.

"Non vedo l'ora. (Belinha)

"Cosa stiamo aspettando? È ora. (GRIDA)

Il quartetto va nel bosco. Il ritmo di gradino è veloce, ciò che rivela un'angoscia interna dei personaggi. L'ambiente rurale di Mimoso ha contribuito a uno spettacolo della natura. Che sfide affronteresti? Gli animali feroci sarebbero pericolosi? I miti di montagna potevano attaccare in qualsiasi momento, il che era piuttosto pericoloso. Ma il coraggio era una qualità che tutti li portavano. Niente fermerà la loro felicità.

È giunto il momento. Nella squadra di risorsa c'era un uomo nero, Renato e un biondo. Nella squadra passiva c'erano Divine, Belinha e

Amelinha. con la squadra formata, il divertimento inizia tra il verde grigio del bosco.

Il nero esce con Divine. Renato trova Amelinha e il biondo esce Belinha. Il sesso di gruppo inizia allo scambio di energia tra le sei. Erano tutti per uno e per uno. La sete di sesso e piacere era comune a tutti. Cambiare posizioni, ognuno ha delle sensazioni uniche. Provano sesso anale, sesso vaginale, sesso orale, sesso di gruppo tra altre modalità sessuali. Questo prova che l'amore non è un peccato. È uno scambio di energia fondamentale per l'evoluzione umana. Senza senso di colpa, si scambiano rapidamente partner, che fornisce orgasmi multipli. È una miscela di ecstasy che coinvolge il gruppo. Passano ore a fare sesso finche' non sono stanchi.

Dopo tutto, ritornano alle loro posizioni iniziali. C'era ancora molto da scoprire sulla montagna.

Fine

www.ingramcontent.com/pod-product-compliance
Lightning Source LLC
LaVergne TN
LVHW021049100526
838202LV00079B/5411